행성으로 간 개구리

행성으로 간 개구리

초판인쇄 2024년 11월 18일
초판발행 2024년 11월 18일

지은이 서경애
펴낸이 이해경
펴낸곳 (주)문화앤피플뉴스
등록번호 제2024-000036호
주소 서울 중구 충무로2길 16, 4층 403호 (충무로4가, 동영빌딩)
대표전화 02)3295-3335
팩스 02)3295-3336
이메일 cnpnews@naver.com
홈페이지 cnpnews.co.kr
편집,디자인 | 황휘연

정 가   13,000원
ISBN 979-11-989877-0-9(03810)

행성으로 간 개구리

서경애 시집

문화앤피플

시인의 말

 참 많이도 망설였다.

책으로 엮는 것이 잘하는 일인지 고민하다가 문득 '왜 유명한 작가의 글만 가치가 있고 무게가 있는 것일까? 나는 나대로 가치 있고 무게가 있지 않을까?' 하는 생각이 들어 저장된 글을 꺼내 보았다. 울고 웃었던 흔적들이 고스란히 남아있었다. 시를 배운 적은 없었지만 어느 날 인생의 기로에 서 있을 때 「옷 냄새 같은 사람」을 단번에 써 내려갔다. 그리고 한없는 나락으로 떨어졌을 때도 나를 허물고 보니 길이 보여 쓴 시가 「풍란」이었다.

 또 어느 날 사회적으로 혼란스러웠을 때 '왜 누군가 반대편에서 희생하지 않으면 역사가 이어지지 않는 것일까?' 하는 안타까움에서 쓴 시가 「반란의 무리들」이었다.

 어떤 날에는 친구가 찾아와 늙는다는 것은 나이만 먹는 것이 아니라 온몸이 망가지는 일이라고 하며 눈시울을 붉혔다. 눈물이 나서 바느질을 할 수가 없다는 그 말에 쓴 시가 「침선」이다.

이렇게 많은 시간을 나와 같이 했던 글들이고, 다수 공모전에서 입상도 했는데 어디다 내 놓는다고 생각하면 한없이 부끄러웠다. 그런데도 정리하는 마음으로 책을 내놓게 되었다.

　나를 시험대에 올려놓고 이리저리 흔들어 주었던 신성철 선생님, 큰오빠 같은 위로와 애절한 눈빛을 보내주셨던 김응만 선생님께도 감사드린다.

　삶이 조금 지루할 때쯤 풍경이 있는 정원을 만들어 준 두 딸들, 잊고 살았던 사랑이 이런 거라고 가르쳐 준 손자 손녀들에게도, 울타리가 되어준 두 사위에게도 고맙다.

　시도 때도 없이 하늘을 보고 올라섰다, 내려섰다 한 나에게도 위로를 보내주고 싶다.

2024년 11월. 저자 서경애

Contents

봄

부러진 봄

강한 펀치로
퍽
고꾸라지는
홍매

폭설을 맞고
신음하더니
봄을 딛고
절뚝절뚝
핏자국 찍으며

부러진
나의
봄날은
어그러진 채
가고 있다
또 다른 봄을 위하여

불륜의 찬가

아이고 별일이야
강원도 산골
100년 된 밤나무

오월에 꽃피우더니
구월과의 바람으로
또 피웠대

다들 이변이라 수근대지만
내심 부러워하는 눈초리들

100년도 모자라
다시 100년의 사랑으로
타오르는 불꽃

당신이라면
불륜이라도
피워보고 싶은 가을의 밤꽃

명품

목동의 습지가 빌딩 숲으로 사라져가던 날
높아만 가는 아파트 브랜드처럼
나도 명품이 되는 줄 알았다

산을 허물고 개천을 메울수록 부풀어 오르던 꿈
들킬까 내색 한번 못했었지

별빛 같은 불빛들을 쏟아내며
골든 패밀리의 이상을 익혀 보려 했지만
날로 뚜렷해지는 경계

지문 등록 없이 조성된 녹지도 밟아 볼 수 없는
나는 여전히 그 습지를 누비던 개구리 일 뿐

깊어 가는 도시의 그늘 속
수초도 없는 늪을 허우적대며 목청을 높여가도
금이 가는 소리

명품 회오리에 휘둘려 가며
체액조차 말라가도
자꾸만 터져 나오는 그 노래
소음에 묻혀 가고

멍 울

밤이 덜컹
손끝이 저리도록
만져지는 멍울들

피었다 지지 못한 채
붉게 붉게

내 안의 이별
깊어질 때마다
밤이 쿵
각혈을 한다

관음송

소용돌이 치는
역사의 바람 앞에 선 청령포

솜털조차 벗지 못한 채
외로운 밤 칼날이 되어
심장을 겨누고
그리움은 골수를 파고들어
강을 이루다

끝내
눈 먼 권력의 키질에
꺼지고 마는 등불

한 미치광이 때문에
용이 되지 못한
그 넋은
600년 관음송으로 살아나

민들레의 깨달음

블랙홀에 갇혀
봄이 오는 줄도
몰랐어요

햇살이 딛고 간
맨홀 가에
노랗게 핀
여윈 어깨

생의 끝자락에도
그리던
저 곳

홀씨가 된 후에야
날 수 있다는 것을

혹독한 앓이로
알게 되었어요

바 람

꽃자리 마르기도 전에
가슴 한 켠이 맵다

누구를 사랑하고 이별한 것도 아닌데
붉그스레한 그리움 가지마다 물들이고

얼마나 먼 길을 돌아왔는지
털푸덕 주저앉는 가을 햇살
눈자위가 시큰하다

어딘가에 그 무엇이 있을 것 같아
기다리다 바람이 되어
가을 속을 더듬는다

산세비에리아

입덧인 줄 알았어
들숨 날숨 사이로
깜박이는 현기증

밤마다 미세먼지
번득이는 눈빛 메스꺼워

파도를 넘어올 때
부푼 적도 있었지

우림의 땅 입맞추던 별들
높새의 바람을 찾아 나서보지만
캄캄한 절벽뿐

차라리 입덧이라 생각하겠어
뿌리가 흔들릴지라도

새 싹

앞만 가리고 나왔다
능글한 봄바람
덮치려한다

뾰족뾰족
한꺼번에 달려든다
몰매 맞은 꽃샘추위
망신살이 뻗친다

행성으로 간 개구리

동안거를 멈춘 개구리
어디로 갔을까요

빙하동굴이
삭제되어 가던 날로부터
탈취범들이
심장까지 적출해 가려고
뱃길을 내
빨대를 꽂으려 한다는데

그럼 그 개구리는
별들도 녹아
스킬레리어꽃 찾아 갔을까요
왼쪽 가슴에
골든타임 메시지를 들고

풍경소리

뻐끔뻐끔 자판위에서 건져 올린 물고기 한 마리
현관 앞에 달아놓았다

문을 열고 닫을 때마다 뻐끔뻐끔
허공을 가르다 날아든다
낯선 인기척에도 제 몸을 때려서 내는 소리
물고기 울음 같다

백탄으로 빚은 물고기는
산란을 위해 떠나지도 못한 채
흔들리는 개울을 따라 날다, 울다,
발아래 흔적을 남긴다

내 안에서 나는 소리는
나를 버리면 된다지만
저 풍경소리는 문을 열어 놓아도
더 이상 날아가지 못한다

여름 장미

계절을 훔쳤다
삼복더위에
목을 드밀었다
교수형을
기다리는
사형수처럼

허기진 더위
짓무른 향기
부러진 발톱
세우고서야
알았다

굽이 굽이마다
빛깔이 있음을

연 시

사백 년 동안 갇혔다
종신형인 줄 알았는데
전자발찌끼고
포토라인에 섰다

팡팡 터지는 플래쉬
현기증이 난다

돌무덤속에
묻혀 있던
백제공주를 향한 마음
삭제되었나 싶었는데

슬금슬금 검은 속을 보이며
툭 꽃대를 올렸다

오만원권

바람난 여자를 찾느라
구인광고만 살폈다

때로는 번들거리는 갑질로
까일때도 활짝 일어섰다

인력시장에서 보았다는데
뿌리깊은 허기

잔고 부족 문자

까만 하늘을 올려다본다

온종일 동동거리던 비비추
바람냄새 풍기며
덥석 끌어안는다

웃을 때 우는 입

더듬이를 세운 향기
꽃망울을 흔든다

창틀에 뿌려 놓은
라일락 한 움큼
십여년 길동무가
잘라다 놓은 것은 아닌지

한때는
보랏빛 화관을 쓰고
화려하게 살까
숨죽여 살까
엇갈림 속에

웃을 때 우는 입
그 누가 알까

꽃술에 숨겨놓은 속내
살아온 깊이만큼
숙성된 보랏빛 향기

반란의 무리들

별빛 쏟아지던
불꽃 튀어 오르던
저 반란의 무리들
쌍계사 가득 메운
뽀얀 향기로 내게 달려와
반란을 꾀하잔다

내가 아닌 너를 위해
네가 아닌 나를 위해
춤을 추잔다

그러다가 그러다가
웅크리고 있는
강물위에 떨어질지라도
고목처럼 굳어버린 세상을 향해
피워보잔다

멀지 않아 봄의 반란이 끝난다 해도
가슴 속 꽃망울
쌍계사 백리길에 터트려보잔다

눈 오는 날

골짜기마다
벗어 놓은 하얀 저고리
먼 길 오신 어머니 같아
무지근한 명치끝

휘인 바람 앞에
흩어지는 각선미
비질해본다

눈길위에 퍼지는
물먹은 웃음
가지마다
매달려
비문을 쓴다

코다리

코가 꿰였다
속까지 다 내주었는데
어쩌자고 칼집을

양념장이 스민다
눈을 꼭 감자
캄캄한 밤이다

아 내

모퉁이를 돌아설 때마다
보이던 풀꽃

흔들림이 없어 아픈 줄도 몰랐다

때로는 장미처럼 붉고
향기롭지 않다고
투정 어린 낯빛
툭
던진 적도 있었다

농담이 짙은 바람을
안아보고서야 알았다

상처를 입을 수 있다는 것을

낮은 걸음으로 다가서 보지만
솎아진 꽃잎에
까만 씨가 매달린다

산솜다리꽃

봉정암 목탁 소리에
면벽을 하는 산솜다리꽃
위태롭게 붙어있다

암벽을 타던 늙은 바람
추행에 터지고 마는 향기

고행을 하던 목탁도
낼름낼름 혀를 내두르던
공룡 바위 능선도
극락인줄 아는지
환각에 빠져 비틀거린다

매스컴을 탄 검은 손
댓글폭력에 시달릴지도 몰라

밤마다 혼자만 품고 있던 별들이
몸이 단다

봉정암 목탁은 오늘도 해탈하라
불경으로 갈아입는다

여 백

묵화 같은 사람
늘 여백이 있었지

꽃향기 폭발 하던 날
하얗게 웃으며 내게 말했지
고삐 풀린 망아지 닮았다고
그 말이 좋아서 나를 뛰게 했던 사람

그렇게 알아 갈 때쯤 이별을 생각했지
화려한 채색화처럼 살고싶다고

꽃잎 떨어진 묵화가 되어버린 사람

저리고 아픈 사랑을 한것도 아닌데
왜 자꾸만 내마음이
까끌까끌 해지는 걸까

바람의 빛깔이 짙어지는 밤
수신할 곳 없는 별들에게
카톡을 보내본다

청개구리

도둑이 들었다
복면도 안쓰고 흑진주 같은 눈알을 굴리며
옹달샘 번호키를 누른다 삐삐삑

그림자가 다가온다
가스총에 맞은 생각이
튕겨져 나가며 울렁 거린다

긴 목을 스캔하며 따라 가 본다
샛별이 떨군 눈물에 비친 수정초
해풍에 닳고 닳았어도 파도가 불끈거린다

리듬체조로 허공을 가르며
파도를 타는데
목덜미를 후려치는 검은 바람
옹달샘 안으로 던져진다

겁에 질린 수정초
발바닥에 묻은 샘물만 핥으며
마음을 고른다

소주병

집에 오는 길에 보이는 소주병
오십 원 백 원
아무것도 살 수 없는 돈이었다

등짐을 진 아버지들에게
속까지 다 꺼내주고
놀잇감이 없는 아이에게는
바람소리를 내는 악기가 되어 주었다

하나 둘 쌓이는 소주병을 보고
할머니는 말씀하셨다
우리는 거리를 예쁘게 만드는
환경미화원이라고

철이 들기 전까지는 그런 줄 알았다

퇴근길에 보이는 소주병
아직도 어린시절 알림 톡이 울린다

나는 환경미화원

할머니가 빨갛게 웃고 계신다

김장김치

숙성통에 들어간다
치열했던 것들을 쥐고
납작 엎드렸다

몸은 낮아지는데
다섯손가락은 더 엮인다
연골이 찢어지도록 접혔는데도
뽀르륵 푸르륵 거품을 문다

누가 기웃거리기만해도
발톱을 세우던 것들이
끝내 꽃물이 든다

저 들녘 끝에서 흔들리는 그리움
한번도 화해받지 못한 명치가
한쪽을 꺼내어 쭉 찢는다

삶이 헤진 숟갈에 올려져
으깨지는 것을 받아들여야 하는 속울음
헹구어 넣어놓고 돌아 서는데
두건속에 하얀 꽃잎들이 솎아진다

고드름이 자라는 밀실에서
공전과 자전을 하다가
곰삭은 김장김치
달라도 충돌하지 않는
그녀의 맛은 하늘 맛이다

여름

매 미

급보가 뜬다
나무 꼭대기마다
불길이 솟는다
데이는 줄도 모르고
춤사위가
한창이다
119를 부른다

늙은 나무 그늘은
제 그림자를
재차
고치는데

뜨거웠던 밤이
무질근하게
걸린다

이천년의 고목

광야에 우뚝 선 사내
보디빌더였다
초콜릿 복근에 울퉁불퉁한 팔뚝
바람이 숨어들면 높이 쳐든 향기
밤을 훔쳐 내는 근육질의 사내

삶이 신음하는 곳마다 달려오는 푸른 그림자
이천년동안 어둠이 자라
촉 한 번 틀 수 없는 길 위에서

꺾이고 부러진 발가락으로
인도양을 건너다 꺾어든 파도꽃
별들이 떨어진 곳에 꽂아준다
폭격기들은 새 그래픽을 그리려고
태양을 부수고 있다

이천년 전에 울부짖던 그 부르짖음이
죽음의 잔이 범람하는 장벽과 철조망 앞에서
유대의 그 사내가 푸른 눈물을 뽑고 있다

망각의 얼굴

보고 싶다 하지 않아도
가슴으로 떨어지는 얼굴 하나가
두렵도록 하얗게 만드는 밤

시간을 감아도 감기지 않는
시간 속의 얼굴
차라리 버릴 수 있는
필름이라면 좋으련만

괜한 객기로 사랑한답시고
떠나보내지 못하는 오만함
언제까지나 붙잡고 있으려는가

아 이제는 쉬고 싶구나
시린빛으로 새벽을 기다리는 저 목련처럼
사랑도 용서도 아닌
망각의 얼굴로

글을 읽는 달팽이

풀잎이 글을 읽으며 책장 넘기는 소리에
또그르르 구르는 달팽이
왼쪽 더듬이를 쭉 빼고 둥글둥글 움직이다
더듬이를 쏙 집어넣고 미세한 파동도 없다

가만히 더듬이를 올린다
5도쯤 각도를 틀어 앞으로 나간다
그녀가 움직일 때 마다 달팽이는 밑줄을 긋는다
날숨에 폭발하던 기포들 풀비린내가 난다

그녀는 왼쪽 손이 눈이고 다리이다
그녀는 그 더듬이로 수년간 살풀이 피켓을 들었다
지하철 여행을 하고싶은 신병에 굿판을 벌인다

때로는 작두 위에서 때로는 철창 속에서
구경꾼은 없다
오히려 출퇴근이 삐걱거린다고
짙은 선글라스에 켭켭 껴입은 사람들
주머니속에서 몇푼의 행간들을 던져준다

고개를 들 수 없어 쉼표를 찍고 싶지만
아기 울음소리가 들린다

누군가에게는 당연한 것이
또 어떤 이에게는 신병이 되기도 한다
당연함이 밟아대는 가속페달에
얼마나 깔려야 글 읽는 것을 멈출 수 있을까
정말 언제쯤

잠

세월의 이빨은
나이가 들수록 거칠어지지

자지도 않고 치고 받는 통에
눈꺼풀은 천근만근

뽑을 수도 보낼 수도 없는
사고뭉치

달래려
술 한잔 대접을 받고도
시치미
뚝

나이의 이빨은
밤마다 사나워지지만

고치속의 나비처럼
봄을 기다릴거야

절도범

벼랑 끝이다
네비를 켠다
헤드라인이 뜬다

계절의 절도범
네비도 없이
찾아오는 바람에
신음하는
만삭의 향기

명치가
오싹

삼우제

삼우제를 지내고 모여 앉았다
아버지 유품 앞에서 자꾸만 하품이 나온다
그토록 깊었던 슬픔도
내려앉는 눈꺼풀을 막지 못했다

분리수거 대상인 가방은 관처럼 무거웠다
빨리 집에 가서 자고 싶어졌다
동생은 아이에게서 온 문자메시지를 보고 또 본다

어머니는 가방을 끌어안았다
이걸 어쩐대유
이 보물단지 못 미더워서 어떻게 눈을 감았대유

못 박힌 관 뚜껑이 열리듯 뜨륵 뜨르륵 지퍼가 열리고
쥐 오줌 같은 땀 냄새가 진동했다
성경책, 돋보기, 간장약, 흙손, 장도리,
송곳을 둘러맨 아버지가 절름절름 걸어 나왔다
미장이가 된 털신에서 발 고린내가 났다

흙손은 봉화로 돋보기는 청주로
장도리는 수원으로 성경책은 서울로
그렇게 아버지는 다섯 갈래로 찢어졌다

감나무

뒤틀리고 구부러진 채
북 박혔다
마주치는 것조차
불편하여
못 본 척할 때도 있었다

또 아주 가끔은 탐스러운 열매
주지 않는다고
원망의 물 한 대접 드밀었던 것이

급소를 찔린 듯
꽃눈을 품고
쓰러졌다

뜨거운 불덩이가 뭉클
버거움에 울고 웃었을 썩은 둥치에서
약물 냄새가 배어 나오는
나의 어머니

개망초

꼬부랑 글씨 이름표 달지 못한 망초
가차 없이 잘려나간다
발목만 남겨놓고

정원사의 얄미운 미소
단번에 마음을 뽑아가는 현란한 꽃들
도도한 가슴을 쭉 내민다
그래도 울지 않을 테야

한때는 꽃잎이 파도치던 강가에서
헉헉대던 삶을 꺼내며
밤을 깨트리기도 했었지

배가 백지장이 되어 헛입질을 할 때
망초나물 죽으로 숟가락이 바쁘기도 했었지

그러다가 달빛 훌쩍이면
외로움을 뚫기도 했었지
그래도 울지 않았어

혹여 살아온 무게만큼
몸살 하던 이가 찾아올지도 몰라
몸마름으로 까맣게 남아도
울지 않을 테야

가면 쓴 얼굴들

땅 뒤집히는 소리에 이불 속으로 숨었다
옆방에서 기함치는 소리
머리카락 세우고 따라가 본다

현대식 빌라로 주눅들게 하던 앞집 가장
어두움이 빛을 먹던 시간 꽃밭으로 다이빙했단다
여기저기 수근대는 말장난 실직으로 외로워서란다

꼭 한 번만 받을 수 있는 생명
그렇게 반납시킬 수밖에 없는 안타까움
가슴이 화끈거린다
이렇게나마 동참해 주는 배려도
한나절이 지나기 전 이권 앞에 가면을 쓰고 만다

맑은 하늘 살벼락 같은 슬픔 젖히기 전
몇몇 모여 집값 떨어질 거라고 이 악무는 통에
그 집 사람들 큰 죄인이라도 된 듯
사과하러 다닌다

높고 화려할수록 외로워지는 사람과 사람들
이런 날이면 영락없이
갓길 서성이던 기억의 분신들
콘크리트벽 보다도 두껍게 포장을 한
물질문명으로 만들어진 가면을 씌우고 만다

우울증

정전이다
두꺼비집을
열어본다
123을 부른다

발아점을
찾기 위해
비상 등을 켠다
푸르고 노란
건전지를
번갈아
껴가며

불량 선이
환해진다

눅눅한 입술이
보송거리고
벼랑 끝에 섰던
가슴도

꽃바람에
한들거린다

54 행성으로 간 개구리

무제 노트

처음 받던 날 무척이나 설레었어
무슨 제목을 달까 망설임도 없이
한칸 한칸 써 내려갔어

행여나 연필 끝이 뾰족해 찢어 지지나 않을까
뭉툭해져 삐뚤어 지지나 안을까
조심조심 쓰다 보니 흐뭇한 미소가 쌓였어

그러던 어느 날 비바람이 불어와
썼다 지우고 지웠다 쓰고
행간들이 헤지고 찢어져 울고 말았지

버리고 새것으로 바꾸고 싶었지만
초라해지는 것 같아
성한 행간을 찾아 끝까지 쓰려 했어

그런데 순간순간 치받는 불덩이가
무제 노트에 제목을 달고 말았어
남은 한 장 마무리를 위해
지금 펼쳐 들었어

미자 씨

빗방울을 튕겨내는
하얀 꽃잎에서
기타 소리가 들린다

냉해를 입었던 가지도
몽글몽글 응어리를 풀어낸다

무명천을 당기던 아버지도
하얀 철축 길을 따라가던 어머니도

기타 줄을 잡은 손끝에서
장삼의 춤사위가 한창이다

미자 씨 민얼굴에서
하늘이 보인다

게 발 선인장

코리안 드림
창살 없는
감옥 같다

우림의 언어들은
미수신으로
터를 잡지 못하고
별들도
눈을 감았다

높새바람을
타고 싶지만
산다는 것은
아픔을 딛고 서는 일

꽃 울음 한번
울어 보지 못했던
마디가
붉은 낙관을 찍고야 만다

까만꽃

할머니가
꼭꼭
심은 글씨는
움 한번
튼 적 없어
언저리만 밟았는데

뿌리지도 않은
씨앗들은
꽃신을 신고
펄쩍

녹색바람처럼
날고 싶다던
할머니
까만 세상을
건너던 날

부러진 기억들은
아물 틈도 없이
툭툭
꽃을 피웠다

낙 화

꽃눈이 쌓인다
빠져드는 그리움

헝클어질 만도 한데
터져 나오는
옹이들

자맥질하던
향기
낙화도 없이
피고
또
핀다

웃 음

그대의 웃음은
어디 하나 걸릴 것 없는
바람이었으면
좋겠습니다

그대의 웃음은
벽을 쌓지 않는
낮음이었으면
좋겠습니다

그대의 웃음은
어떤 이의 가슴으로
스미는
눈물이었으면
좋겠습니다

그대의 웃음은
거친 들에서도
꽃이 되는
따스함이었으면
좋겠습니다

검은알 나무

곤줄박이의 붉은 울음
밤이 헝클어진다
짙게 도색되는
낯선 외로움

명치가 신음한다

돌담 밑이
흔들린다
환히 떠오르는
향기
까만 사리가 되면

밤을
품을 수
있을까

용산의 비명

이마에 두른 붉은 띠가 꿈틀거린다
생존을 위해
망루로 쫓겨난 사람들

누구를 위한 뉴타운 개발인지
생사를 넘나들 때

언론들은
불순한 선동이라 흥분하고
부자가 될 꿈에
풍선을 띄우는 사람들

막다른 골목의 부르짖음은
끝내 타다 남은 재가 되어
냉동실에 또 갇히고

깃발처럼 지폐를 매다는
자본주의의 땅
대한민국에
비만에 걸린 탐욕들

타버린 잔해마다
오늘도
그날의 비명소리 울린다

발화점

꽃밭에 불을 지르던 바람
처마 끝에서 떨고 있다

타다 남은 서미초
피는 것을 잊을까 봐
까맣게 둥지를 튼다

비릿한 풍경소리에
가난한 가지마다 가을이 벙글고
캄캄하던 가슴에 불이 켜진다

탄피를 먹은 남자

비명이 자란 꽃 한송이를 그렸다
씨앗을 찍으려고 하는데 총알이 박힌다
태양을 감고 가는 나팔꽃 쓰다듬으며
나도 너였으면 좋겠다 했던 엄마

군에간 아들이 비명횡사했단다
군법이라 얼굴도 못보고 돌아서야했단다
총탄이 뚫고 간 호흡을 움켜 잡고
입벌린 소포에 주소 불명이라 쓴다

학교에서 돌아와 보면 눈물 끄집어 내는 나팔꽃 보기싫어
별이 떨어진 방에서 꽃만 그렸다

이 나이가 되어서야 알았다
관을 품에 안고 젖을 물려도 퍼올리지 못하는 유선들
죽음의 냄새가 새어나갈까 뿌려주는 샤넬향수

잘라낸 손톱처럼 깎고 깎아도
어느 구석에서 내밀고 있는 꽃잎에 씨앗을 그려넣는다
먹물이 아닌 초록으로

명 산

산이 눕는다
가쁘다
민둥산이 되었다

한때는
햇살에 안겨
옹골찬 능선을
성큼성큼

수액을 꽂는 친구
풀신을 신고
겨울꽃을
피우기 위해

달앓이

달거리가 시작되었다

봄 들판처럼
파릇하다

달빛 한 움큼 뿌려주면
달맞이꽃도 피어

화들짝 놀란
뭉클한 꽃잎
어루만지다 쓰다듬는 시간

달앓이 하던 소녀의 숲은
우물 안으로
푸른 달빛 고인다

칼춤(수술대에서)

덫에 걸려 발악하는
카시노이드

집도의의 칼날과
멈출 수 없는 춤사위

오장을 전부 다독인 후에야
비로소 춤이 멎는다

도마 위의 생선처럼
칼날이 스쳐 간 작은 몸뚱이 위로

매미 울음같이
귓속을 오려내는 소리

이름이 뭐예요?
...
어디 사세요?
...
신 ? 정 ? 7

축하합니다 라는 말끝에
맺히는 엷은 빛무리

노을을 머금은 낯선 얼굴들
땀에 젖은 손을 잡는다

아메리칸드림

동네 누나 시집가던 날 할머니와 이불 꿰매러 갔다
구름처럼 펼쳐진 이불 위에 누워봤다
목화 비릿한 냄새가 난다
거기에 엄마가 들어있는 것은 아닐까
탁 때리는 할머니 손
너 말 안 들으면 비행기 안 태워줘
오뚜기처럼 일어섰다

비행기를 타는 것이 배가 붙도록 울어야 하는 줄 몰랐다
라면처럼 꼬부랑 말, 산처럼 높은 코, 백설기 같은 얼굴
할머니 옛날얘기 속에 나오는 마녀 같았다

눈도 안 뜨고 울다 잠이 들고, 빵을 먹다 울고,
그렇게 까만 고무줄처럼 길게 늘어진 날들을 보내고
6살 아이의 기억은 삭제되어 갔다

살다가 얼음 조각들이 부딪힐 때면
은방울꽃 주머니를 열어본다
할머니 손끝에서 놀던 실과 바늘이었으면
얼마나 좋았을까
때로는 찔리고 엉킬지라도
구름 꽃이 통곡 하는 비행기
오늘도 착륙 하지 못하고 풍경처럼 매달려있다

물옥잠화

폐활량 검진받는 날
길섶이 일어선다

들숨 날숨 내뱉는
꽃잎

땡볕에 구겨진
하루를
다린다

밤에 갇힌
푸른 물방울

바람이
터트린다

가을

옷 냄새 같은 사람

한참을 살다 보면
늘상 입었던
옷 냄새 같은 사람

때로는 벗고 있어도
입었다는 착각에
소홀하지만

계절 따라 곰삭은 마음
덧나지 않을까
잘 개켜 두었다가

어느 날 낯선 바람 불어
가슴 시려올 때
늘상 입었던
옷같이
입어보고 싶은 사람

공촌천

부리에 생명을 심었다
황금빛 갈잎의 현율
습지가 얼어붙는다

얼음발이 시린
기러기 한 마리
패러글라이딩을 한다

언 발톱에
공촌천을 움켜잡고

석 곡

달빛을 지고
면벽을 하다가
흰 발가락으로
암벽을 탄다

떨리는
벼랑 끝으로
활짝 일어서며
향기를 꽂는다

앓 이

밤이 앓는다
바람이 떤다

야실야실한 통증
마디마다 열린다

가을은 지고 있는데
익지 않은 속울음
가슴에서
뭉글뭉글 벙근다

통 증

당근빛 나뭇잎 사이로
걸어 나오는 기억들
골다공증 걸린 가슴에 담아본다

가을을 줍는
수레 들국화
폭력적인 바람 앞에
향기는 폭발하고

푸른 날들은
통증으로 붉어지며

통곡이
노래가 되는
낙엽도 있다

혼자서 둘처럼

오라는 데 없어도
나가 보았어요
홀딱 벗고 서 있는 물봉선화

웃을 일도 아닌데
웃고 말았지요
금빛 햇살 한 묶음 들고
말 한마디 건네지 않았는데
그만
입술을 달싹였죠
혼자가 아닌 둘처럼

그리고는
꼭 안아 주었어요
가을이 우려지도록

치 맥

날지 못한다는 것을
알면서도
바람을 일으키고야 만다

그 자리마다
꽃은 피어
술잔에 흐드러지고

거품에
날개는 꺾여가도

끊임없이
비상을 시도한다

창 문

그녀는 울보
바람만 불어도
윙윙
겹옷까지 입고서
운다

어쩌다
성애꽃이 만발하던 날
따듯한 밥상을 받고도
이내
눈물범벅

기뻤다 슬펐다
갱년기의 여자처럼
마음자리 마를 날 없는
울보이지만

세상의 창이고 싶다
꽃이 지면
씨앗을 품고
별이 뜨면
별이 되는

장난감

음
엄마 찌찌옷이잖아
아빠랑 함께 간
산 같다

엉
함미 하비 산소 닮았네
엄마 찌찌 들어있을까?
동그랗게 번지는 웃음

잉
이 찌찌옷
먼 바다의
파도같애

아가의 장난감

방문객(냉기)

느닷없이
껴안는 통에
잠이 울퉁불퉁

이불을 뒤집어 써보지만
안달이 나
밤이 시리다

매트를 켠다
등이 후끈
허연 다리가
툭

밤마다 찾아온 이가
씨익
웃으며 돌아선다

어느 봄

바람이
지났을 뿐인데
상처가 났다

허둥지둥 붙인
밴드 속이 욱신거린다

누군가에게는
꽃이 되는
바람이건만

뿌리까지 흔드는
폭풍이 된다

그냥
스쳤을 뿐인데
신음소리가 따갑다

바람을 맞다 보면
어느 봄날의 아픔이
가지에서 한 번
내 안에서 다시 한 번 피어
마디가 무질근해진다

잃어버린 자화상

공예품처럼
빚어내는 얼굴들
나로 살 수 있는 DNA마저
버리는 연습을 했다

유행을 따라
변신을 거듭해봐도
끊임없이
솟구치는 욕구들

거리를 넘어
안방까지 파고들어
성형을 부추긴다

잘라내고 깎아내도
커져만 가는 욕망들 속에
잃어버린 자화상
거울에 비춰진
이방인들

기억의
한 모퉁이를
스쳐간다

만 선

밭에는 낀따루*떼가 산다
고추포기마다 여린 새끼들
한낮의 햇살 한 바가지 들이키고

새순마다 바람을 껴안은 채
방생을 기다리는
성어처럼 팔딱거린다

횟감이 되기 위해서
마디마다 부화되는 푸른 치어들

시간의 그물과 비바람 이겨낸 자리마다
붉은빛 낀따루떼
꼿꼿이 서 있는 한여름
이 계절 끝으로
출항을 준비하는 고추밭

지열이 식어갈 때쯤 눈을 감으면
출항을 알리는 집어등과
돛을 올리고 내리는 고동 소리와
사계를 따라
집화장으로 떠나는 만선의 낀따루떼

* 적어(赤魚). 빛깔이 붉은 물고기

안마사

불이야 불
낮에는 꽃불에 데이고
밤에는 내 엄지손가락에 불이 붙는다

불장난을 좋아하는
사내들 몸뚱이에 선을 긋는 지폐
불쏘시개 삼아
눈망울 지져대도
소방차는 오지 않는다

뚜 뚜 뚜

불두화

설법하던 부처님
결박당한 채 쓰러진다

시주행렬 속에
물 한 대접 보시 없어
뙤약볕에 밟히다

주름진 산 아래
약초가 된다

관절염

가지마다 매달린 것들
호밋자루에 앉아
씀벅씀벅
열매도 아닌 것이
농익어
비틀어지고 구부러진 가쟁이들

지나간 밭고랑마다
생글생글
그 웃음으로 바꾼
조기 한 마리
돌진하는 젓가락들
듬성듬성 잘려나간 등뼈
엄마의 손가락

아버지의 강

강을 품어야만
제 몸을 열어 준다는 것을 알았을 때
묵직한 시간
명치 끝에서 끓고 있다
소태 같은 기억들
손끝을 휘어잡는데

골 빠진 등뼈 너머로
아버지의 강이 달려오고
산 그림자 끄억끄억 울어댄다

숨바꼭질

어둠에 길을 대고
푸른 달빛 고여 있는 불두화를 보았다
뼛속까지 촬영될 듯한
오월의 빛무리를 따라
내장된 나를 불러낸다

채 여물지 못해 헤메일 때
불두화를 닮은 웃음이
다가와 손을 내민다

나를 찾아 나서는 동안
늘 허물어졌던 나는
길 잃은 자들의 길이 되지 못했다

오직 짙은 그리움만
고된 여정의 표식이 되었을 뿐

언제고 그곳에 서는 날
숨바꼭질하던 나에게
오월의 향기는 괜찮았다고 다독이며
불안했던 시간들은
기다림의 여백으로 남겨놓으리

자귀나무

늦은 귀갓길 모퉁이를 돌아서는 나무야
잎새마다 물고 있던 향에 훑어내려
코끝으로 걷는 걸음을 잡아준다

매번 드나들던 길목인데
때론 낯설어 킁킁거릴 때도
바람을 끌어모아 길잡이가 된다

언제나 그랬듯 이런 날이면
가슴을 파고드는 건들바람
가지마다 매달려 밤을 채색한다

그렇게 깊어지는 시간 속에
늘어만 가는 나이테
유월을 가고 칠월이 와도
푸른 별 하나 움틀 수 없는 쓸쓸함

그러나 아쉬울 것도
또다시 누군가 향기를 잃고 헤메일 때
표피 안에 간직한 내력들을 꺼내어
마름질 해본다

세탁기

수영 경기하는 날
배영부터 시작한다

날렵한 몸매로
레인을 돌다 보면
반환점을 만나
접영으로 바뀐다

세찬 물살을 가르며
서로 엉켜 드는 팔다리
찢어져라 터져라 달리다가
결승점을 향한 자명벨이 울린다

뭉쳤던 힘줄들이
잠수로 풀리고
가빴던 숨 고르며
건조대에 매달린다

태 동

자궁 속에
꽃술로 섞이던
그날로부터
행간마다
쏟아지는 시어들로
써 내려간 문장은
다시 고치거나 지운 적이 없다

때로는
몸살 할 때도
행갈이 마다
꽃으로 피며
나비 날다
의미를 살찌운다

해를 지나 별까지
알려지지 않은 어휘들로
쓰고 있는 미래가
봄 들판처럼 아장거린다

외할머니 젖꼭지

부지깽이 냄새 묻은 마른 젖꼭지
빨아도 빨아도 배가 고팠다
부아 난 볼딱지로 밀고 당기면
살 비린내만 그득
꽈리처럼 부풀어 오른 젖꼭지

옷고름 속에 숨는다
골난 엉덩이 비틀다
잠이 들면

누군가의 볼터치로 달콤해지는 시간
부지깽이 냄새 묻은 손안에
푸른 빛 고인다

101

수 의

바람 끝에 이슬
찰랑거리면
풀씨를 베어다가
무릎에 비벼 짠
삼베 한 필
마름질한다

눅눅한 시간들
한 올 한 올 세어
자르고 꺾어 박다가

부리를 닮은 섶에서
새가 울면
조심조심
깃을 세운다

곱솔 박음질이
바람길처럼 한가로울 때
애첩 같은 고름 달고
붉은 오낭 곁들여
새벽하늘에 걸어두었다가 입혀드리면
멀어져가던 인연
보련화로 피어난다

손

당신의 손은
꽃밭입니다
다알리아, 금천죽, 실비아, 자운영
울퉁불퉁 몸살 하다가도
활짝
일어서게 하는

당신의 손은
향기입니다
쭈그러들고
여물지 않은 것까지도
봉지 속에
넣어 주는

당신의 손은
등받이입니다
누군가에게는
꺼칠해
움츠러들 때도 있지만
제 몫을 다하도록
받쳐주는
꽃삽입니다

붓 꽃

오월을 걷는
붓꽃의 미소
낯선 길 헤메일까
보랏빛 뿌려 놓았지

때론 눈물 맺힐세라
뜨겁게 비벼대던 꽃잎
색채가 가난해지고서야
알 수 있었지

돌아서는 바람 속에
빛깔이 있었음을

겨울

풍란

계곡을
더듬는다
만져지는
붉은 체취
어둠에 베인
속앓이가 솟구친다

벼랑 끝에서
바람과 맞서다
뚝뚝
부러진 마디

생각이 보이도록
나를 허물어
들춰본다

남 자

붉은 상처를
품은 채
매달린 단풍잎
위태로운 줄 알면서도
손 한 번
내민 적 없었다

언젠가
무심코 던진
커피 한 잔에
번지는 눈물을
보고서야 알았다

화려한 스캔들 뒤에
외로움을

미안한 마음에
안아보지만
바스락
통풍이 든다

110 행성으로 간 개구리

침 선

하루를 박음질한다

굼뜬 솜씨로
때로는
속내를 드러내고 싶은 날도 있었지만
흐드러지게 핀 잡념을
홈질한다

환절기에도
앓지 않도록
한 땀 뜨며
오늘을 시침질한다

고물 창고

컴컴한 벽 한가운데 못 하나가 박혀있다
슬레이트 지붕 아래 갇혀 녹슬고 휘어져
안거에 들어간 스님처럼 납작 엎드려 있다

뭉그러진 대가리에는 죄 무게보다
수백 배나 더 무거운 봉지들을
주렁주렁 매달고
세상과 맞서려 참선 중이다

어쩌다 안방 벽이 아닌 이곳까지 와
빨간 벽돌 속에 제 몸을 처박고
누군가에게 고통을 주어야만 연명되는 삶

오늘도
위태로운 중심을 잡고 있다

이 족쇄 같은 목숨
창고 문이 열리기까지는
한순간도 긴장을 풀지 못한다

넋두리

세련된 이름이 아니어도 좋아
섹시하지 않으면 어때
누구 하나 눈 맞춰 주기는커녕
서슬이 시퍼런 쇠붙이로 캐내고 뜯어내도
나는 일어서고 말 거야

그러다 보면
풀무치 쌕쌕이들의 노래하는 연습장이 되기도 하고
호기심 어린 손끝이 닿을 때도 있지

또 알아?
벼랑 끝에 선 누군가의 가슴이 뜨겁게 달구어질지
그런데 자꾸만 속이 상해
관심 속에 있는 저들이 부럽기도 하고
아주 가끔씩은 화가 나 죽겠어
얼굴 한 번 내밀지 못하는 풀꽃이라는 게

해킹 당한 봄

날뛴다

쓰러지는
꽃망울 위에
산 울음
걸린다

폭설을
끌어안은 채
바들거리던
진달래

가슴 끝에
불을
지르고야 만다

갓바람
널브러지고
미친 사월
벌거벗고
뛰쳐나간다

누드 촬영 중

노릇노릇 익어가는 햇살 아래
주왕산은
누드 촬영에 한창이다

봉우리마다
옷 벗기러 다니던 하늬바람
가을이 허물어져 가도
물들지 못한 내 마음

울긋불긋 색칠해 놓고
아직 벗지 못한 단풍잎들은
당겨진 활시위처럼
긴장된 숨을 고르고 있다

촘촘한 시간 속을
헤집고 다니던 나는
몇 벌의 과욕을 벗어야
붉게 붉게 물들어
혹한 스캔들에 휘말릴 수 있을까

칸 나

비행을 준비하는 홍학들
햇살을 움켜잡으며
가을을 괴고 있다

늙은 바람이
깃털을 고르며
나도 한때는
세상을 떠메고 다닌 적이 있었지
쌉싸래한 미소로 꽃망울을 더듬는다

파다닥 날갯짓
각을 세우던 산과 들
내뱉는 입김 따라
홍학의 무리들은
고단한 시간들을 매단 채
힘차게 날고 있다

빨간 우산

앞뜰에 핀 장미
예뻐서 한 장
누나가 미워서 두 장
아픈 친구의 머리카락처럼
몇 잎만 남았습니다

미안한 생각에
약속을 했습니다
비가 오면
우산을 씌워 주겠다고

또도독
빨간 우산 속에 장미
마주 보며 웃습니다

소나기

공습경보도 없이
융단폭격을 하던
저 테러리스트

스타를 꿈꾸던
가시연
꽃이야 피든 말든
짓밟으며 광란의 춤판을 벌이잔다

토사 속에 매몰되어
꺾이고 찢긴 몸뚱이
구급차는 더디기만 하다

생사를 가늠할 수 없는
일기예보 속에

뭉게구름 깜짝 방문으로
불뚝
꽃대를 내미는
가시연

붉은 손톱을 세우고
비상을 시도한다

국숫발

나무뿌리를 닮은
하얀 가닥들
간장 종지만한 크기로
말아 올려도
수전증 앓는 젓가락엔
서너 줄 걸려있다

헛입실로
뚝뚝 떨어지고
젓가락 끝엔
다시 국물 같은 눈빛만 방울지고
옹이가 돋아난 혓바닥으로
지난 날을 건져본다

때때로
고명이 빠진 삶 서러워
굵은 면발을 좋아했는데
이제 그마저도
퉁퉁 부은 냄비 채
식어가고 있다

환승역

나는 오늘도 환승역에 서 있다
갈아타는 곳이라는 화살표를 따라
의지와는 상관없이 밀치고 부딪치고

내 작은 공간은
볼링핀처럼 나동그라진다
지하 통로를 새까맣게 메우는
저 포도송이처럼 매달린 머리들
오직 스트라이크를 위해
달려오는 볼링공은 아닌지

이 환승역은 목적지를 향해 존재하는데
나는 어디를 가려고 여기 있을까

어느 욕망의 길을 따라
또 몇 번이나 갈아타야만 할까

이제는
나라는 환승역에서 나가고 싶다
갈아타는 곳이 아닌
온전한 출구를 향해

황태 백태

발 사백미터 덕장에서
줄줄이 코가 꿰여 매달려 있다

얼었다 녹았다를 수십 번
속까지 꺼내 주어 한기가 더든다

생일상에만 오르던 귀한 몸이라
파도 꽃이 흐드러진 바다쯤이야

봄이 오면 바람날까
온몸이 갈기갈기 찢겨
신형 덕장에서 또 떨고 있어야 한다

어쩌다 아버지가 술안주로
빨간 립스틱 바르고

누군가의 의미가 된다면
명치가 벌어지는
아픔쯤이야

근심거리

어젯밤에 근심을 심었다
물도 주지 않았는데 쑥쑥 자란다

깜짝 놀라 한 줌 뽑아냈다
어느새 두 무더기가 생겼다

햇빛도 없는데 방긋방긋 웃기까지 한다

이러다가 나를 덮어 버릴지도 몰라
이불을 걷어찼다

탁자 위에 커피잔
한숨을 쉰다

근심이 자라지 못하도록
고슬고슬한 마음 밭을 만들어야지

근심 덩이가 한발 물러서며
다시 오겠다는 약속을 한다

오늘 밤엔

몽울몽울 피어나는 푸른 그림자
별빛을 굴리며 오는 바람 소리에
창을 열어 봐요

가지마다 울고 있는 푸른 잎들
깜짝 놀라 내 마음을 닫고 말았지요

같이 하자는 말도 못 하고
찰랑이는 와인잔에 그려보는 문자
사랑이 깊어지면 그리움도 아프다던데

네가 내고 간 바람길에
꽃이라도 심고 울어나 볼걸

힘없이 돌아선 눈빛에
뿌려 놓은 씨앗들
꺼내보고 싶은 오늘 밤이 싫어요

푸른 잎이 빨갛게 변하는데
아직도 서성이는 내가 미워요

멸 치

쪼그러든 몸 올리고당 마사지를 하고
땅콩가루 팩을 하고 있다
성형을 잘못했는지 눈이 감기지 않는다

할머니는 잠이 오지 않는 밤
꽃길을 걷는다고 했는데

멸치도 바다 놀이터가 생각나나 보다
은빛 옷을 입고 찜질하던 기장 해수탕

숟갈 위에 올려진 멸치
하나둘 다이빙을 시킨다

마음속을 들여다보는 것 같아
동그란 눈이 무섭단다

제비꽃

병실 정원에 피어 있는
너를 보고 깜짝 놀랐어

전에 보이지 않았던
네가 거기에 서 있길래
가슴이 뭉클했지

실바람에도 파르르 떠는 모습을 보고
눈물이 핑 나도 링겔이 무겁거든

쏟아지는 햇살에 눈을 감고 말았지
높고 푸른 봄 하늘에
청보라빛 꽃잎과 하얀 내 얼굴을
그려 넣었지
그리고 웃었어

이제 링거가 가벼워졌거든

햇감자

손을 대기도 전
드러나는 속살
부끄러워
보조개 한입 가득
달아오르고

손끝도 가볍게
더듬어 가면
뽀얀 분을
뒤집어쓴 채
맛 좋게
기절하지만

이토록 누군가의 품에
뜨거운 햇감자처럼
한 조각 햇살로
스쳐 간들
무엇이 그리
서럽고 안타까우리

궤도를 돌며

빛깔들의 향연으로
주목받던 거리
그 설렘 속에
잃어버린 색채
찾으려 할수록
움츠러드는 모습
바람이 휩쓸고 간 뒤
모두가
벌거숭이로서 있다

생존을 위한 몸부림
숨죽여 있다가
어느 봄날
꽃으로 피어나도
다시 뿌리 내리는
어두움

궤도를 돌고
또 돌아도
거두어 내지 못하는 것은
빛과 그늘

매표소 안의 홍학

매표소 안에는
홍학 한 마리가 갇혀있다

30년 동안 퇴화해 버린 다리는
백열등 아래 더욱 가늘어져 가고

하루에 몇 번 배설을 위해 나올 수 있을 뿐
날고 싶어도 날 수 없는 몸뚱이

꿈을 접을 수 없어
밤마다 비상을 시도하지만
이내 알루미늄 박스로 추락하고

단절된 공간에
야위어만 가는 홍학
그래도 내일을 향해
힘주어 나래를 펼쳐본다

화 해

나의 베이스캠프는
히말라야도 태백산도 아닌 어디일까
새들이 뛰어 온다 내가 지저귄다
바람앓이에 눈가가 희끗희끗 해진다
지난밤 비워 내지 못한 찌꺼기들이 불끈거린다
명치가 내려 앉는다

더 깊은 숲으로 갔다
초록빛에 샤워를 하는데 찌꺼기들이 가슴을 톡톡
생각의 근육이 닳는다
그래 너하고 이혼하지 못할 숙명이라면
나보다 커지지 않도록 다이어트시키며 살자

덩쿨나무처럼 꼬여가더라도
별을 들고있는 저봉우리까지 올라가보자
가다가 꽃을 만나면 꽃의 신발이 되어주고
구부러진 등을 보면 밀어도 주고
낭루에 부러진 외다리나무를 안아도 줘보고
눈물을 쪼아대는 새들에게 손수건을 건네며 가자

대륙의 소리를 들으려고 바다를 건너 학원도 보내면서
숲의 언어들은 읽으려하지 않는다
바람이 풀고간 숲의 방언들이
경고문 위에서 흘리는 피 닦아주며 오르는 길 위다

얼 룩

군락을 이룬다
꽃밭도 아닌데

향기도 없이
마디마디
매달려
툭툭
터진다

쓰리다

밤을 꺾는다

또
새순이 돋는다

파 업

장이 피켓을 들었다.
쉴 권리를 달라고

건강하게 살자는
사탕발림으로

야식까지 밀어 넣는 악덕 업주
수당 한번 준 적 없다

장시간 노동으로
견디다 못해
기약 없는 파업에 들어갔다

그제서야
협상을 하잔다

노을빛을 닮은
당근죽을 건네주니
뾰족한 눈빛이 둔해진다

팝콘

발가락으로 섰다
발레리나가 되어 백조의 춤을 춘다

폭염이다
부러지고 갈라진 발가락 불꽃이 튄다

잎이 꺾인다
구름이 그늘막을 치고
바람의 심폐소생술로 간당간당 걷는데
또 불볕을 만났다

엘리엘리 라마 사박다니
하늘 향해 고개를 든다

4차선 도로가 생긴
얼굴로 쏟아지는 소낙비
연신 받아내는 그을린 손이
오일 도포로 싸서
에어 프라이어에 묻는다

팡팡 터지는 꽃송이들
무덤을 열고 뛰어나온다
옹골찬 옥수수 살 냄새
부활의 맛이다

착 각

양지쪽에
풀꽃이 피었어요
소환 바람이
쿡쿡 찌르며
히죽 거리네요

부끄러워
고개를 숙였어요
발이 싱숭생숭 거려
손을 흔들었을 뿐인데

더듬거리는 눈빛이
미소를 짓네요
고마워
얼굴을 들려는데
얼어붙고 말았어요

이러다가
봄을 품지 못할까 봐
가슴이 두근거려요